PARABÉNS A VOCÊ!

Uma história totalmente inventada, baseada em fatos reais

MARCELO DUARTE

PARABÉNS A VOCÊ!

Uma história totalmente inventada, baseada em fatos reais

ilustrações de
EVANDRO MARENDA

PANDA BOOKS

Texto © Marcelo Duarte
Ilustração © Evandro Marenda

Diretor editorial
Marcelo Duarte

Diretora comercial
Patth Pachas

Diretora de projetos especiais
Tatiana Fulas

Coordenadora editorial
Vanessa Sayuri Sawada

Assistentes editoriais
Olívia Tavares
Camila Martins

Capa
Evandro Marenda

Diagramação
Alex Yamaki (Estúdio Designados)

Pesquisa iconográfica
Angelita Cardoso

Preparação
Tássia Carvalho

Revisão
Daniel Moreira Safadi
Beatriz de Freitas Moreira

Fotos
p. 88: © Arquivo/Estadão
p. 90: © Reprodução/Acervo do autor
p. 91: © University of Louisville, Kentucky, USA
p. 93: © Fotógrafo não identificado/Coleção
José Ramos Tinhorão/Instituto Moreira Salles
p. 94: © Acervo EBC/Agência Brasil

Impressão
Corprint

CIP-BRASIL. CATALOGAÇÃO NA PUBLICAÇÃO
SINDICATO NACIONAL DOS EDITORES DE LIVROS, RJ

D873p
Duarte, Marcelo
Parabéns a você! / Marcelo Duarte; ilustração Evandro
Marenda. – 1. ed. – São Paulo: Panda Books, 2022. 104 pp. il.

ISBN: 978-65-5697-182-7

1. Ficção. 2. Literatura infantojuvenil brasileira. I. Marenda,
Evandro. II. Título.

21-74285 CDD: 808.899282
CDU: 82-93(81)

Bibliotecária: Leandra Felix da Cruz Candido – CRB-7/6135

2022
Todos os direitos reservados à Panda Books.
Um selo da Editora Original Ltda.
Rua Henrique Schaumann, 286, cj. 41
05413-010 – São Paulo – SP
Tel./Fax: (11) 3088-8444
edoriginal@pandabooks.com.br
www.pandabooks.com.br
Visite nosso Facebook, Instagram e Twitter.

Nenhuma parte desta publicação poderá ser reproduzida por qualquer meio ou forma
sem a prévia autorização da Editora Original Ltda. A violação dos direitos autorais é
crime estabelecido na Lei nº 9.610/98 e punido pelo artigo 184 do Código Penal.

"Os pequenos detalhes são
sempre os mais importantes."
Sherlock Holmes

SUMÁRIO

O Clube de Poesia 9

O que roubaram? 17

Uma de nós 23

Remédios bem piores 33

Se ela estiver certa? 37

O arame farpado da discórdia 41

Você desistiu mesmo? 45

Mulheres para a guerra.................. 47

Quando o carteiro chegou 51

Hoje vai ser uma festa.................... 55

"Eu sei quem fez isso com você" ... 61

Dívidas do irmão 65

A ganhadora é... 69

O maior mistério 73

A revelação 79

Noite de autógrafos 83

Os bastidores desta história............ 89

Referências bibliográficas............... 103

O CLUBE DE POESIA

Na casa havia três quartos, um escritório, duas salas, dois banheiros, copa, cozinha, quarto de empregada, porão, varanda e quintal. O encontro aconteceria às três da tarde.

Mercedes começou a andar ao redor da mesa de jacarandá ovalada, verificando em minúcia cada detalhe. Olhou a louça de porcelana pintada à mão, presente de casamento com vinte e dois anos de vida. As xícaras com filetes dourados na borda eram seu xodó. Conferiu os pratos, o bule, os talheres de prata, os copos de cristal da Boêmia, os guardanapos de linho com o monograma do casal... tudo devia estar no lugar certo. Com passos lentos, às vezes voltava para rever algum pormenor, tudo sob o olhar preocupado de Virgínia, a empregada responsável por arrumar a copa para o encontro quinzenal do Clube Pindamonhangabense de Poesia. As cinco participantes se reuniam sempre na maior casa de todas, a de Mercedes, e a anfitriã fazia de tudo para se superar na preparação dos quitutes. Nesses dias, Virgínia se apavorava com as exigências da patroa. Mercedes ainda avaliava a posição de item por item: o açucareiro, as jarras de água e groselha, a manteigueira, o pote de geleia de mocotó, as fatias de marmelada, o arranjo de flores. Nunca faltavam os esmerados sequilhos da Padaria São José, que o próprio dono fazia questão de vir lhe entregar semana sim, semana não.

As convidadas foram chegando pontualmente. Era de bom-tom trazer um mimo para a anfitriã, que educadamente dizia toda vez: "Não precisava se incomodar". As primeiras foram Maria Apparecida (com dois pês mesmo, como fazia questão de pontuar), a costureira mais requisitada pelas moças da cidade, e Marinês, enfermeira da Santa Casa de Misericórdia e a única solteira do grupo. Alguns minutos depois, Clarice, esposa do delegado Adauto Nogueira, surgiu se equilibrando em saltos altos finíssimos, num constante claque-claque no chão de tábuas largas. Sempre se vestia com roupas pretas (dizia que a cor a fazia parecer mais magra).

Clarice nunca escondeu das amigas que não gostava muito de poesia. Frequentava os encontros apenas como passatempo. Sempre gostara dos romances policiais, em especial os de uma inglesa chamada Agatha Christie. Sonhava em criar o Clube de Leitura de Histórias de Detetive, mas faltava quórum na cidade.

Bertha, embora morasse na própria Bicudo Leme, a menos de quatro quadras do casarão de Mercedes, foi a última a chegar. Entregou a bolsa a Virgínia, que lhe abriu a porta, e saudou todas:

– Desculpem a demora. Loli bateu a cabeça bem na hora em que estava saindo... Tive que fazer uma salmoura para colocar no galo que se formou – contou sobre Lorice, a filha única, de doze anos.

Não demorou tanto assim, mas estavam todas ansiosas pelo encontro – e também pelas comidinhas. O chiar da chaleira indicando a água fervendo era o sinal para se dirigirem à mesa. Como das últimas vezes, Mercedes tomou o cuidado de não deixar Maria Apparecida ao lado de Bertha. As cinco amigas sempre iniciavam o ritual pelo chá e, depois, já satisfeitas, retornavam à sala para apresentar as poesias que tinham selecionado ou produzido para a ocasião.

– Que lindo anel, Clarice! – observou Mercedes, quando a amiga esticou a mão para apanhar um brioche.

– Gostou? – a ideia de Clarice era mesmo que todas vissem a nova joia. – O Adauto comprou na Casa Duarte, aquela loja nova da avenida Tibiriçá. Completamos quinze anos de casados no domingo e ele me presenteou com essa surpresa.

– Parabéns... Quinze anos! Bodas de cristal. – Bertha colocou dois cubinhos de açúcar no chá, mexeu a bebida ainda bem quente e aproveitou aquele átimo de silêncio para mudar de assunto: – Vocês ouviram a Rádio Nacional no sábado à noite?

O balançar de cabeças para os lados indicou que não, e estavam curiosas para saber o motivo da pergunta.

– Eu gosto de ouvir um programa chamado *A Orquestra de Gaitas da Rádio Nacional* – disse Bertha. – É todo sábado, às nove da noite. O apresentador inventou um concurso muito interessante.

– Um concurso?! – surpreendeu-se Mercedes.

– É, o Almirante é muito criativo... – completou Bertha.

– Almirante?!? É algo ligado à terrível guerra que está destruindo a Europa? – perguntou Clarice, os olhos fixos nas balas de coco no centro da mesa.

Bertha explicou que Almirante era o apelido do cantor e radialista Henrique Foréis Domingues, apresentador do programa na Rádio Nacional, do Rio de Janeiro. Bertha adorava ouvi-lo no rádio de válvulas. Defensor da música brasileira, ele se sentia incomodado – em pleno final de 1941 – com o costume de se cantar aos aniversariantes em inglês. Assim, decidiu promover um concurso para escolher a letra em português que melhor se adaptasse à melodia de *Happy birthday to you.*

– Escrevi uma quadrinha simples ontem à noite – informou Bertha. – Saindo daqui, já passo nos Correios e posto hoje mesmo.

– Qual é o prêmio? – questionou Mercedes.

Virgínia, que acompanhava tudo da cozinha, encostou ainda mais o ouvido na porta quando pronunciaram a palavra "prêmio". No entanto, naquele momento uma charrete muito barulhenta passou ao lado da casa, impedindo-a de entender o valor. Num gesto tresloucado, irrompeu na sala de jantar.

– O que foi, Virgínia? – assustou-se a anfitriã.

– A senhora não me chamou?

– Não, não chamei. Quando tivermos terminado, aviso você. Pode se retirar.

Virgínia, sem graça, voltou para a cozinha. Mercedes continuou falando:

– Eu até competiria... Mas, com Bertha na disputa, quem de nós teria chance?

– Que disparate, Mercedes – discordou Bertha. – Sua poesia é encantadora. Você também deveria pensar em algo para acabarmos com esse tal de *Happy birthday to you...* Aliás, todas vocês deveriam participar. São apenas quatro linhas. Ponham a cabeça para funcionar.

— Eu enrolo toda a minha língua para cantar essa musiquinha chata... — disse Marinês e depois riu.

Depois do chá, as cinco foram para a sala declamar suas poesias. Deliciaram-se com rimas e estrofes por mais de uma hora. Até que, ao conferir o horário no relógio de pulso, Bertha, vendo pela janela que o sol já perdia força, anunciou:

— Preciso ir... Tenho que passar na farmácia também.

Mercedes deu duas badaladas no sininho que usava para chamar a empregada, e Virgínia apareceu feito um relâmpago.

— Dona Bertha já está indo. Por favor, traga a bolsa dela.

Virgínia assentiu, deixou a sala e voltou com a bolsa de Bertha. Como não estava totalmente fechada, a empregada notou um envelope branco em um dos compartimentos, talvez a quadrinha do concurso.

— Vou aproveitar que Bertha está saindo e irei embora também — disse Marinês. — Preciso passar na mercearia e comprar alguns ingredientes para o jantar.

Clarice e Maria Apparecida resolveram fazer o mesmo. Saíram logo depois e cruzaram com os dois filhos de Mercedes retornando da escola.

– Para a próxima reunião, poderíamos escrever poesias com o tema "Paz na Europa", o que acham? – sugeriu Mercedes antes de se despedir de todas e agradecer os presentinhos com um repetido e protocolar "vocês não precisavam ter se incomodado mesmo".

O QUE ROUBARAM?

As batidas na porta foram tão fortes que assustaram Mercedes. Pensou até que alguém estivesse tentando arrombá-la. Clarice, tensa e ofegante, precisou de alguns segundos para conseguir falar.

– O que foi? – perguntou Mercedes, alarmada.

– Já soube o que aconteceu com Bertha?

– Não, o quê? – perguntou a apavorada dona da casa.

– Ela foi roubada.

– Como assim? Quando?

– Há duas horas... logo depois que saiu daqui...

– Ah, Pindamonhangaba não é mais a mesma... Onde vamos parar com tanta violência? E essa polícia, que não... – Mercedes conseguiu segurar a língua e corrigir o rumo da frase quando se lembrou de que Clarice era a esposa do delegado: – ... e essa polícia, que não mede esforços para pegar os ladrões e colocá-los na cadeia, merece todos os nossos elogios.

– Bertha foi prestar queixa na delegacia – explicou Clarice. – O Adauto me contou tudo quando chegou em casa agorinha mesmo.

– Como ela está? Onde foi o roubo? – Mercedes não parava de disparar perguntas.

– Está bem; ele me disse que só um pouco assustada. Estava atravessando a praça para ir aos Correios e foi atacada perto do coreto. Não havia nenhuma testemunha.

– Mas Bertha viu o ladrão? – insistiu Mercedes.

– Não. Contou que ele veio por trás e colocou um lenço embebido de clorofórmio no nariz dela. Isso fez a mulher de um metro e sessenta desmaiar na hora e ir ao chão.

– Não acha que devemos dar um pulo na casa dela? – perguntou Mercedes, já respondendo: – Precisamos ver como Bertha está, se precisa de algo... Vou pegar minha bolsa e um casaco. Me dê apenas um minuto.

* * *

Quando Mercedes e Clarice chegaram, encontraram Bertha ainda aturdida, sentada numa poltrona de couro na sala de estar, acompanhada do marido, da filha e do doutor João Jacintho, um dos médicos mais renomados da cidade. Bertha reclamava das dores causadas pela queda depois do desmaio.

– A senhora terá que repousar pelo menos por três dias – receitou o médico, guardando o estetoscópio na surrada maleta de couro. – Talvez seja bom vocês passarem um tempo na fazenda, longe da cidade.

Mercedes abriu caminho para abraçar a amiga:

– Que bom ver que você está bem, querida!

– Obrigada, Mercedes. Sim, estou bem. Só um pouco assustada.

Com discrição, Clarice tirou da bolsa um caderno de anotações e um lápis. Lourival, marido de Bertha, chamou uma das empregadas e pediu a ela que providenciasse café para as visitas, enquanto acompanhava o médico até a porta. A dona da casa contou que estava um pouco distraída quando saiu da farmácia Nossa Senhora do Bom Sucesso.

– Então você não conseguiu ver quem a atacou... – deduziu Clarice.

– Não... Só sei que ouvi um ruído meio familiar atrás de mim, mas não tive tempo de me virar para ver o que era.

– Não viu quem atacou... ruído familiar... – Clarice anotava tudo.

Marcelo Duarte

– Senti o lenço com o clorofórmio no meu nariz e desmaiei.

– Era clorofórmio mesmo? – perguntou Mercedes.

– Tenho certeza – confirmou Bertha. – Esqueceu que sou formada em farmácia?

– É verdade... Pergunta boba, me desculpe.

Mercedes invejou o lindo aparelho de jantar de porcelana que Bertha guardava em lugar de destaque numa cristaleira. Havia recebido o prêmio por ter vencido um concurso de cera para pisos da Record. Seria o primeiro de uma série deles. Mercedes também competiu, mas não ficou entre as premiadas. Por isso, os versinhos da amiga nunca lhe saíram da cabeça: "Vou lhe contar um segredo/ Que todos sabem de cor/ Dá lustro até num rochedo/ A supercera Record".

– O que o ladrão levou? – interrogou Clarice.

– Aí está a parte mais misteriosa da história – respondeu Bertha.

– Como assim? – Clarice pareceu se entusiasmar ao ouvir a palavra "misteriosa".

– Pensei que não encontraria a minha bolsa...

– Óbvio... – concordou Mercedes. – O que mais um ladrão iria roubar? Você estava com alguma joia?

– Estava com aquele colar e os brincos que vocês viram na casa de Mercedes. Mas o ladrão não levou nem a bolsa nem as joias.

– Que ladrão mais generoso! – espantou-se Mercedes. – Precisamos encontrá-lo para agradecer tamanha bondade.

– Mas a minha bolsa estava aberta... – Bertha seguiu com o relato.

– Sabia! – exclamou Mercedes. – Deixou a bolsa, mas levou a carteira.

– Nada disso... A carteira continuava lá. O ladrão levou apenas o envelope... O envelope com a quadrinha que escrevi para participar do concurso do programa do Almirante.

Quase ao mesmo tempo, as duas emitiram um "oh" de incredulidade.

– Por que alguém roubaria isso? – Um ponto de interrogação aflorou na mente de Clarice.

– Talvez o ladrão pensasse que havia dinheiro dentro do envelope, não? – ponderou Mercedes.

– É uma possibilidade bastante plausível – concordou Clarice, que ainda fazia anotações alucinadamente. – A que horas foi isso?

– Uns quinze minutos depois que saímos da casa de Mercedes – calculou a vítima. – Passei na farmácia para comprar o tônico que Lorice toma e acelerei o passo a tempo de chegar aos Correios antes que fechasse.

– Cinco e quinze da tarde... Clorofórmio... Acelerou os passos... – Clarice anotava tudo.

– O que você tanto escreve nesse caderno, Clarice? – perguntou Bertha, com um certo desconforto. – Está fazendo um verso para a nossa próxima reunião? Quero ver você encontrar uma rima para "clorofórmio"...

Clarice não prestou atenção no gracejo de Bertha. Absorta nas anotações, escreveu: "Por que Marinês e Maria Apparecida não vieram até a casa de Bertha lhe prestar solidariedade? Elas têm seus motivos".

UMA DE NÓS

– Caiu da cama, Clarice? – Adauto encontrou a mulher ainda de camisola e penhoar, cercada por uma dezena de livros policiais na mesa de jantar e um caderno por cima de tudo. A letra cursiva de Clarice primava pela elegância e capricho.

– Não consegui dormir, Adauto. Não paro de pensar no roubo a Bertha... Resolvi solucionar o caso.

– Você? – estranhou Adauto, antes de soltar uma gargalhada nervosa. – Você não é investigadora e nunca será. Isso não é trabalho para mulheres. Quer ficar mal-falada por aí? Sabe como esse pessoal da cidade é fofoqueiro. E ficar lendo um monte de histórias policiais não a torna uma detetive, sabia?

– Não posso perder essa chance! Não aguento mais minha vida tão sem graça...

– Que vida sem graça, mulher? – irritou-se Adauto, num tom de voz tão grave que parecia falar em letras maiúsculas. – Você faz aulas de piano. Já fez cursos de culinária e de francês. Paguei o curso de datilografia na Escola Remington. Sempre que vou à capital, trago esses livros policiais que você tanto adora. Até já me conhecem lá na Livraria Teixeira. Você tem todo o tempo do mundo para ir às matinês de cinema... Reclama de barriga cheia.

Estava fresco ainda na memória de Clarice o filme a que ela e uma prima tinham assistido no Eden Cinema na semana anterior: *As novas aventuras de Dick Tracy*, com Ralph Bird no papel principal. A produtora havia gravado doze episódios e o cinema exibia dois deles por semana, sempre na sessão das três da tarde, frequentada basicamente por mulheres e crianças. No fundo, Clarice queria ser igual a Dick Tracy.

— Vou pedir para o Alaor ou para o Rubens irem hoje em diligência até a praça para tentar localizar uma testemunha – avisou o delegado. – Alguém deve ter visto quem atacou sua amiga.

— Não é estranho um roubo apenas para levar um envelope com um pedaço de papel? – Clarice insistiu.

— Ladrões são muito burros... – desdenhou o marido.

— Burro? Talvez, nesse caso, ele seja até inteligente demais.

— Não existe crime perfeito. Todo ladrão sempre deixa um rastro. Agora chega dessa história! Convi-

de sua prima para tomar um sorvete de milho-verde hoje à tarde. Ocupe-se com algo mais adequado para uma mulher. Cuide dos afazeres domésticos que já está muito bom.

O homem colocou uma nota de duzentos mil-réis em cima da mesa, apanhou o paletó e, antes de sair, deu outra bronca na esposa:

— Ah, o Alaor me disse que você foi ontem à delegacia me procurar. Já lhe pedi que não vá até lá. Delegacia não é lugar para uma senhora de respeito.

Clarice se manteve paralisada e muda como uma estátua. Em seguida, amassou a cédula e continuou escrevendo.

* * *

Bertha acordou ainda com vários hematomas, o corpo bastante dolorido. Passou pelo menos uma hora ruminando possibilidades que justificassem aquele roubo. Não chegou a conclusão alguma. Tomou o café agarrada na edição do *Tribuna do Norte*, principal jornal da cidade, lendo um poema de Marcondes César e um artigo sobre como a felicidade pode afetar a saúde.

— Mamãe, você está melhor? — perguntou Lorice.

– Sim, querida. Ainda parece que fui atropelada por um carro de boi, mas estou melhor, sim.

Fechou o jornal. Lourival, inspetor federal de ensino, entrou na sala para informar que estava indo à repartição. Os dois eram primos e haviam se casado em 1925. Ao beijar a testa da esposa, perguntou:

– E o concurso, Bertha? Quer escrever uma nova carta para participar? Posso colocá-la nos Correios hoje à tarde.

– Hum, acho que não, Lourival. Esse concurso não está me dando sorte...

– Você ainda se lembra de sua quadrinha?

– Claro que lembro – Bertha pareceu se aborrecer com a pergunta do marido. – "Parabéns, parabéns/ Nesta data querida/ Muita felicidade/ Muitos anos de vida."

– Gostei! – aprovou ele.

– Para falar a verdade, não acho que teria chance de ganhar. Fiz tudo em cinco minutos. Se pelo menos me dedicasse um pouco mais... Imagine que colocaram membros da Academia Brasileira de Letras na comissão julgadora... Eles vão preferir algum texto mais erudito.

– Seus versos são lindos, Bertha. Você não deveria desistir de participar.

– Não vou mais concorrer – decretou ela. – Está resolvido, ponto-final.

A conversa dos dois foi interrompida pela entrada da empregada na sala, com um bilhete nas mãos.

– Dá licença, dona Bertha. Um mensageiro veio entregar isto. Foi enviado por dona Clarice, mulher do doutor delegado. Disse que era urgente.

– Obrigada, Agripina. Uma carta a uma hora dessas...

Ela apanhou uma faquinha que guardava em cima da mesa justamente para abrir a correspondência. Ao pegar a folha, leu as duas linhas manuscritas em voz alta: "Bertha, teremos uma reunião importante aqui em minha casa hoje, às três da tarde. Preciso que você venha".

– O que será que a Clarice está querendo? – perguntou, a imaginação a mil.

– O doutor Jacintho disse que você precisa repousar... – lembrou Lourival.

– Mas... e se o marido dela descobriu quem me atacou? Algo me diz que tenho de ir.

* * *

Todas ficaram curiosas com o convite de Clarice. Convite não, convocação. Ao entrarem, não viram a mesa posta para o chá, como era tradição nos encontros do Clube Pindamonhangabense de Poesia. Mesmo em casa, Clarice não abria mão das roupas bem-cortadas e dos barulhentos saltos altos.

– Espero que seja algo realmente importante – disse Maria Apparecida. – Tive que desmarcar a última prova de roupa que faria hoje com madame Maria da Glória Monteiro. Estou terminando o vestido que ela vai usar na ceia de Natal. Imagine a quantidade de reclamações que ouvi quando disse que havia um imprevisto...

– Não posso demorar... – fez coro Marinês. – A Santa Casa está cheia hoje. Eu disse que voltaria em meia hora.

– Fiquem tranquilas – disse Clarice. – Prometo ser muito breve. Sentem-se, por favor.

Elas se acomodaram no sofá e nas poltronas da sala.

– Fiquei matutando por muito tempo sobre o roubo a Bertha – Clarice fazia de tudo para parecer uma detetive da literatura. – Vejam que estranho: ela saiu de nossa reunião e, quinze minutos depois, foi atacada. O agressor não levou as joias, não levou a carteira, não levou nada de valor; só queria o envelope com a letra de uma singela quadrinha que Bertha escreveu para participar de um concurso de rádio...

– O ladrão talvez tenha imaginado que havia dinheiro ali dentro... – lembrou Mercedes.

— Muito bem observado, Mercedes! – exclamou Clarice. – Você lembra quanto carregava ontem na carteira, Bertha?

— Deixa eu ver... Não gastei nada de ontem para hoje – ela abriu a bolsa, pegou a carteira e contou as notas. – Quatrocentos mil-réis...

— Uma quantia considerável, não acham? – comentou Clarice. – Se o ladrão estivesse atrás de dinheiro, por que deixaria esse valor todo para trás?

— Talvez por medo de que alguém aparecesse... – ponderou Marinês. – Sempre passa gente na praça.

— Isso é mais no *footing* de sábado e de domingo – discordou Maria Apparecida. – Nos dias de semana, aquele pedaço da praça é bem deserto.

— Foi um encontro fortuito entre o ladrão e a vítima ou... ele queria o envelope? – Clarice falou de um jeito que, de fato, imitava os detetives do cinema. – A quadrinha de Bertha!

— Para fazer o que com ela, Clarice? – questionou Bertha, sem entender nada. – Era uma quadrinha simples. Nem coloquei meu nome na carta. Assinei até com um pseudônimo... "Léa Magalhães".

— É isso que precisamos descobrir, Bertha! Por que o ladrão não queria que você enviasse a quadrinha para o concurso?

— Marinês, você não acha que seria bom ver se

Clarice está com febre? – ironizou Maria Apparecida. – Ela parece meio delirando... Imagine nos fazer
vir até aqui para ouvir essas patacoadas.

Clarice, determinada em apresentar suas conclusões até aquele momento, perguntou:

– Bertha, além de nós, do Clube de Poesia, quem
mais sabia que você estava com aquele envelope na
bolsa ontem?

Ela pensou por alguns segundos e respondeu:

– Mais ninguém. Só vocês...

Clarice abriu um sorriso, estalou os dedos e
anunciou:

– Então, minha cara Bertha, quem atacou você
foi... uma de nós!

REMÉDIOS BEM PIORES

– Isso é simplesmente um absurdo – reclamou Marinês, conduzindo Clarice até a sala de estar de sua casa. – Só aceitei receber você porque não tenho nada a esconder.

Clarice resolveu iniciar os interrogatórios por Marinês, a que mais se revoltara no encontro do dia anterior.

– Por que eu pegaria aquele envelope? – perguntou, parecendo soltar fogo pela boca.

– Calma, Marinês – pediu Clarice. – Não estou acusando você de nada. Só gostaria de lhe fazer algumas perguntas.

– Você só vai perder tempo, mas vamos lá... – rebateu um tanto descontrolada. – O que você quer saber?

Clarice abriu a bolsa, de onde tirou o caderno de anotações, e perguntou:

– Para onde você foi ao deixar a casa de Mercedes na terça-feira?

– Vim para casa e daqui não saí – respondeu já se levantando para encerrar a conversa. – Pronto, viu só? Não fui eu.

– Ao sair da casa de Mercedes, lembro que você

virou à esquerda. A sua casa fica à direita. Logo, você não voltou direto para casa. Deve ter passado em algum lugar antes.

Marinês corou. Não esperava essa observação de Clarice.

— Claro que vim para casa... Só resolvi dar uma passadinha na igreja antes. Coisa de quinze minutos.

— Ah, quinze minutos... — Clarice anotou. — Alguém viu você na igreja?

— Havia algumas pessoas lá, poucas, mas ninguém que eu conhecesse e pudesse testemunhar a meu favor.

— Entendi... Mais uma coisinha: você guarda clorofórmio em casa?

— Claro que não! — Marinês franziu o cenho.

— Mas, como enfermeira, tem acesso a clorofórmio na Santa Casa, certo?

A conversa das duas foi interrompida por uma voz vinda de um dos quartos:

— Quem está aí, Marinês?

— É a Clarice, mãe!

— Quem é a Clarice? — perguntou a voz de longe.

— É uma amiga... Quer dizer... é uma detetive. Ela já está de saída...

Sem cerimônias, Marinês levantou-se e acompanhou a amiga até a porta.

— Mamãe acordou. Preciso cuidar dela.

— Como ela está, Marinês?

— Não muito bem. Esquece tudo, já não reconhece ninguém, sem dúvida completamente esclerosada.

— Pobrezinha... Gosto muito de dona Cleide, é uma pena vê-la assim. Boa sorte com ela.

— Boa sorte na sua investigação, Clarice — desejou, já um pouco mais calma. — Espero que consiga descobrir o culpado dessa monstruosidade com Bertha.

Antes que Marinês fechasse a porta, Clarice perguntou:

— Você só se esqueceu de me dizer se tem acesso a clorofórmio na Santa Casa...

— Sim, tenho. A clorofórmio e a remédios bem piores também.

SE ELA ESTIVER CERTA?

Quando Lourival chegou em casa, Bertha veio exultante lhe mostrar a poesia que acabara de escrever.

– Ela se chama "Meus dois amô". Eu me inspirei num capataz lá da fazenda, que me falou do sofrimento dele por ter que escolher uma das duas moças. Mudei os nomes, claro!

– Fez muito bem – riu ele.

– Vou ler para ver se você gosta – então, começou a declamar em voz alta:

Tenho duas namorada,
Dois amô, dois bem querê...
E minh'arma trapaiada
Num sabe prá quá pendê...

Meu curação, qui nem rede,
Balança p'ra lá, p'ra cá...
Num sabe si qué Zabé,
Num sabe si qué Guiomá...

Marcelo Duarte

– Adorei! Linda poesia, querida! A "Condessinha" está escrevendo cada vez melhor – elogiou ele, referindo-se ao nome que Bertha criara para assinar seus poemas de amor.

– Você é muito gentil, Lourival...

– Não me conformo que tenha desistido do concurso da música de aniversário... Ainda dá tempo de mandar a carta. Você me disse que eram três meses de prazo. Ainda faltam dois.

– Esqueça isso! Você acha que uma mulher de Pindamonhangaba, aqui no fim do mundo, tem alguma chance de ganhar um concurso tão famoso de uma rádio da capital do país?

– Você já ganhou tantos concursos de poesia...

– Já lhe pedi que esqueça isso. Toda vez que me lembro daquele envelope, me doem os ossos.

– Ainda acho que deveríamos ter voltado à delegacia para pressioná-los a encontrar o culpado.

– O delegado sabe o que aconteceu... A Clarice, mulher dele, resolveu investigar o caso... Ela é fã de livros policiais e está se sentindo a própria Sherlock. Ontem, Clarice nos reuniu na casa dela para dizer que havia deduzido que a culpada estava na reunião do Clube de Poesia. Pode uma coisa dessas?

– De onde ela tirou isso? – perguntou um inconformado Lourival.

Marcelo Duarte

– Não sei – respondeu Bertha. – Mas e se estiver certa?

* * *

– Só o envelope foi roubado... – Clarice voltou ao assunto na hora do jantar. – O ladrão não queria dinheiro, não queria joias, só queria o envelope. Quem sabia da existência do envelope? Apenas as três.

Ela só não contou sobre a reunião com as amigas e a visita à casa de Marinês. Como uma boa detetive, justificava-se, resolveu tocar a investigação em total sigilo.

– Clarice, na vida real as coisas não são tão simples quanto nos livros policiais, entende? Você precisa encontrar uma motivação para o crime. E ali são todas amigas.

– As três teriam motivos para o roubo...

– Ah, é mesmo? – falou Adauto, numa mistura de espanto e ironia, servindo-se de mais uma fatia de rosbife. – Você podia me dizer que motivações são essas...

Clarice fez um gesto indicando que primeiro precisava mastigar a colherada de salada de batatas que levara à boca.

40

O ARAME FARPADO DA DISCÓRDIA

Maria Apparecida saiu de casa e encostou com delicadeza o portão de ferro recém-pintado. Numa das mãos levava a bolsa; na outra, uma sombrinha aberta para o sol forte não lhe fustigar o rosto. Tomou o maior susto ao ser surpreendida por Clarice:

— Por que você está me evitando, posso saber?

— Fiquei muito ofendida com a sua acusação... — esbravejou a costureira.

— Mas não acusei você de nada.

— Você acusou nós três. Onde já se viu tamanho insulto?

— É uma linha de investigação, Maria Apparecida. Ainda estou na fase de interrogatórios.

— Interrogatórios? Ah, você ficou maluca. Preciso cuidar de três filhos e não tenho tempo a perder...

— Não tomarei mais que três minutos.

Maria Apparecida saiu caminhando a passos largos e Clarice tentou acompanhá-la, um pouco atrapalhada, com o caderno de anotações e a caneta nas mãos.

— O que você fez depois que saiu da casa da Mercedes?

— Vim para casa — respondeu da forma mais seca possível.

— Sem parar em lugar nenhum?

— Sim, sem parar em lugar nenhum!

— Algum vizinho viu você entrando?

— Melhor você bater de casa em casa e perguntar. Como vou saber?

— Você e a Bertha já resolveram a questão das terras da fazenda?

Maria Apparecida estancou de repente. Fitou Clarice com uma expressão fuzilante.

— Que petulância! Ah, então é isso? Você acha que eu a ataquei por causa da disputa de terras. Faça-me o favor!

Uma cerca de arame farpado motivara a discórdia. As duas partes faziam acusações mútuas sobre ter instalado a demarcação em lugar errado. As antigas escrituras deixavam margem à dúvida.

— Eu não disse isso. — rebateu Clarice. — Só perguntei como estava o caso.

— Uma coisa não tem nada a ver com a outra. A nossa contenda está na Justiça.

— Mas, depois que isso aconteceu, vocês mal têm se falado...

PARABÉNS A VOCÊ!

– É um problema nosso. Meu e dela. Já chega por hoje. Se continuar assim, não vou mais é falar com você. Passar bem.

VOCÊ DESISTIU MESMO?

Bertha abriu a porta com um sorriso.

— Que bons ventos a trazem aqui, Mercedes?

— Bons ventos que nada! Estou toda despenteada — respondeu com um sorriso.

— Vamos entrando... Chegou bem na hora do meu chá. Vai ser ótimo ter a sua companhia.

— Quem recusaria um chá? — perguntou-se a visita.

Mercedes deixou a bolsa e o casaco no sofá. As duas se sentaram à mesa.

— Fiquei com vontade de participar daquele concurso do programa do Tenente...

— Almirante... — corrigiu Bertha. — O nome dele é Almirante. Na verdade, o nome dele é Henrique, mas ganhou o apelido de Almirante.

— Almirante, isso... Tem razão. Eu me confundi um pouco com a patente. Você desistiu mesmo?

— Desisti. Vai ser ótimo você participar. Já imaginou se alguém de Pindamonhangaba vencesse? A nossa cidade ia ficar nacionalmente conhecida.

— Você me explica como faço para participar?

– Claro, Mercedes. Anotei as regras do concurso enquanto o Almirante ia explicando.

– Poderia me emprestar uma folha de papel e um lápis? Esqueci de colocar na bolsa.

Bertha pousou a xícara no pires, levantou-se e foi até a escrivaninha apanhar papel e lápis. Mercedes agradeceu e pôs-se a tomar nota.

– Na quadrinha, a letra precisa se encaixar perfeitamente na música americana... O que foi que escrevi aqui? Essa minha letra... Ah, a letra precisa ser fácil, para ser compreendida e cantada por qualquer pessoa.

– Só isso? – perguntou Mercedes.

– Sim, só isso.

– Qual é o endereço da Rádio Nacional? Você sabe?

– Também anotei aqui. Pode copiar – disse, estendendo seu caderno de anotações.

Depois de terminarem o chá, Mercedes comeu uma rosquinha, agradeceu à amiga e disse que estava na hora de ir.

– Boa sorte, querida! – desejou Bertha.

– Você não vai mesmo participar? – Mercedes quis ter certeza.

– Não, não vou. E tome muito cuidado quando for até os Correios enviar sua carta. Alguém aqui não quer que esse prêmio venha para Pinda.

MULHERES PARA A GUERRA

Ao sair de casa, rumo à delegacia, Adauto encontrou Deonísio Siqueira, redator-chefe do jornal *Tribuna do Norte*, subindo a rua com invejado preparo físico.

— Notícias da guerra lá da Europa? — perguntou Adauto, alinhando-se ao jornalista na calçada para caminharem juntos as três próximas quadras, como de vez em quando acontecia.

— Sim, e notícias nada boas... — mancheteou Deonísio, antes de passar as informações. — Os alemães estão dominando toda a Europa.

— Ainda bem que somos um país neutro — afirmou Adauto.

— Não sei até quando... Não me conformo com o nosso navio afundado pelos germânicos. Vargas não poderia ter aceitado essa afronta.

— Verdade...

— E como vai sua senhora, Adauto? Soube que dona Clarice está investigando um roubo que aconteceu com dona Bertha... Cuidado que ela ainda vai tomar seu posto, hein!

Adauto não gostou do comentário com um quê de sarcasmo.

– O único investigador lá em casa sou eu. A Clarice me falou do caso de Bertha, sim. Roubaram apenas um envelope com um versinho de uma música... Música de aniversário ou coisa assim...

– Só roubaram isso?

– Exatamente, Deonísio. Nada de valor. A Clarice estava apenas tentando ajudar uma amiga, entende? Não está investigando nada.

– Quando me contaram, também achei estranho – concordou o jornalista. – Onde já se viu uma mulher detetive? O detetive precisa de uma inteligência apurada. Não estou dizendo que sua mulher não seja inteligente, longe disso. Mas você sabe que as cabeças dos homens e das mulheres são diferentes...

Adauto compartilhava o mesmo pensamento e não queria ficar falado na cidade por causa dessa loucura da esposa.

– Você poderia dizer à dona Clarice que, se entrarmos na guerra, precisaremos de mulheres para trabalhar como enfermeiras e costureiras. Enfermeiras para acudir os feridos e costureiras para confeccionar os uniformes dos soldados.

– Obrigado pela informação, mas prefiro que Clarice continue apenas cuidando da casa.

PARABÉNS A VOCÊ!

Os dois se despediram na esquina da avenida Fernando Prestes e cada um seguiu uma direção.

No caminho para a delegacia, ao se aproximar do prédio da prefeitura, Adauto percebeu que a fachada precisava de uma pintura urgente. O brasão do munícipio estava desaparecendo aos poucos. Já não se lia mais a inscrição da parte de baixo: *Pro Patria Semper* [Pela Pátria Sempre]. Também era cada vez mais difícil identificar os ramos de café e arroz que ladeavam o escudo. De nítido, apenas a serra da Mantiqueira e o rio Paraíba, no centro do brasão. Adauto já perdera as contas do número de vezes que pensara em reclamar para o prefeito. No entanto, ao chegar no trabalho, esquecia os planos e tudo permanecia igual.

Na delegacia, Adauto chamou o policial Alaor, que apareceu mancando.

— O que aconteceu com você, homem?

— Foi o futebol de ontem, chefe... Torneio municipal. Perdemos para a Fazenda Mancini. O capataz deles, o Zuba, estava um azougue... fez quatro gols na gente.

— Qual o resultado desse jogo? — perguntou o delegado.

— Cinco a zero para eles.

— Entendi... Da próxima vez, você me avisa e eu

mando prender esse Zuba antes da partida. Só solto no dia seguinte.

– Mas que motivo a gente vai dar para prendê-lo?

– Ora, Alaor, nós inventamos alguma coisa na hora... Agora chega de falar de futebol. Tenho uma missão para você. Para falar a verdade, havia até me esquecido. Sabe a dona Bertha, mulher do Lourival?

– A poeta? Sei!

– Ela foi vítima de um assalto ali na Praça da Matriz. Saiu da farmácia e se dirigia aos Correios. É um percurso de não mais que quatrocentos metros. Roubaram só um envelope com um versinho dentro.

Alaor ameaçou soltar uma gargalhada.

– Então o ladrão levou... um versinho?

– Veja bem... Minha mulher e ela são amigas. A Clarice prometeu que iria ajudá-la a descobrir o culpado.

– Deixe comigo. Fique tranquilo. Hoje mesmo vou dar uma geral na praça.

O diálogo dos dois foi interrompido pela entrada na sala do escrivão:

– Qual de vocês pegou aquele vidrinho que estava em minha mesa?

– Que vidrinho? – perguntou Adauto.

QUANDO O CARTEIRO CHEGOU

Lourival tinha saído para o trabalho. Lorice estava na escola. Bertha não chegava nem perto da cozinha. Deixava todas as refeições a cargo de Agripina, que trabalhava com a família havia bastante tempo. Para ocupar a manhã, Bertha resolveu participar de um concurso promovido por uma revista sobre astros do cinema. Os homens deveriam escrever uma carta endereçada à atriz Judy Garland, e as mulheres, uma carta a Mickey Rooney. Garland e Rooney formavam a dupla mais talentosa do cinema, cantando e dançando com maestria. Pouco tempo antes, Bertha e Lourival tinham assistido a *Sangue de artista* no cinema e se encantaram com os dois. Bertha colocou papel na máquina de escrever, herdada do avô, Lafayette Homem de Mello, e se pôs a datilografar.

* * *

Marinês costumava sentir-se muito ansiosa no meio da tarde. Estava quase na hora de sair para o plantão na Santa Casa. A irmã, que cuidava da mãe naquele período, chegaria a qualquer momento. Era também o horário em que Edmundo, um dos três carteiros da cidade, passava com a correspondência. Todos os dias, ele lhe trazia um envelope sem o nome e o endereço do remetente.

– Notícias de seu admirador secreto! – brincava Edmundo, ao bater na porta e entregar as cartas para Marinês.

– Quem está aí? – a mãe perguntou da cozinha. – Seu pai chegou?

– Não, mamãe. Ele só vai chegar à noite – desconversou Marinês. O pai falecera dois anos antes.

Marinês pegou uma faca e abriu com cuidado o envelope. Tirou a folha dobrada e começou a ler o texto primorosamente datilografado.

Queria saber escrever
E belas rimas criar
Para seu coração amolecer
E você eu conquistar.
Sei que em seu coração
Há uma forte paixão,
Basta você o abrir para eu entrar

E te mostrar como é amar.
Do seu mui apaixonado L.

Marinês leu o poema três vezes e suspirou em todas. Então dobrou o papel e o recolocou no envelope. Foi até o quarto, abriu o armário e juntou aquela carta a dezenas de outras guardadas numa caixa de sapatos. Naquele momento, ouviu as batidinhas na porta. A irmã havia chegado. Abriu o armário do banheiro para se certificar de que o remédio estava mesmo ali. Apanhou os óculos em cima da penteadeira e saiu do quarto.

HOJE VAI SER UMA FESTA

Mercedes abriu a porta tão rápido que surpreendeu Clarice ainda ajeitando o penteado.

– Que bom que veio! – comemorou.

– Faltava mesmo falar com você. Obrigada por me receber aqui em sua casa.

– Quanta cerimônia, Clarice! Entre, entre... Quer tomar um café?

Ao colocar os pés para dentro, Clarice foi recebida com um aroma adocicado vindo da cozinha.

– Aceito, sim. E se você tiver um daqueles seus biscoitinhos... – riu, escondendo a boca com a mão.

Mercedes sugeriu que elas conversassem no escritório, um espaço mais reservado. À direita da entrada do cômodo, uma grande estante ocupava uma parede inteira. Clarice só entrara uma vez naquela sala. Reparou também numa escrivaninha de mogno, sobre a qual se espalhavam papéis e uma caneta-tinteiro aberta.

– Você estava escrevendo? – Clarice esticou os olhos para bisbilhotar os papéis.

– É... comecei a escrever uma quadrinha para

aquele concurso. Ainda é um rascunho. Penso que não está bom. Veja o que acha – apanhou a primeira folha da escrivaninha e leu:

Hoje vai ser uma festa
Hoje vai ser uma festa
Hoje vai ser uma festa
Muito bolo pra você

– Ficou muito bonitinha, Mercedes. Bem fiel ao original, né? Frases repetidas e um belo desfecho.

– Você acha que tenho chance de ganhar, Clarice? Seja sincera. Sabendo que Bertha não vai mais participar...

– O fantasma da Bertha sempre assombrou você, né, Mercedes?

– O que está querendo insinuar, Clarice?

– Você vive perdendo os concursos literários para a Bertha e...

– ... e, por isso, você acha que eu a atacaria para roubar a quadrinha?

– Não estou acusando você de nada, mas não posso descartar nenhuma hipótese na minha investigação.

– Pode sim, Clarice. O que acaba de dizer é uma grande tolice. Sim, eu tenho ciúmes do talento de Bertha. Mas venho me esforçando a cada dia para

PARABÉNS A VOCÊ!

aperfeiçoar a minha escrita, e esses papéis e livros aqui são prova disso.

— Não estava criticando o seu talento literário, Mercedes, só estou...

— Pode parecer que não, mas estava, sim — interrompeu Mercedes. — Já somos tão diminuídas por nossos maridos, por nossos pais, pelos homens de modo geral. Uma mulher jamais deveria fazer o mesmo com outra.

— Sei muito bem o que está dizendo. Sou rebaixada o tempo todo em casa.

— Então... e agora você faz o mesmo comigo? Precisamos nos unir para acabar com isso.

Clarice ameaçou falar, mas Mercedes emendou as frases e a conversa seguiu tensa.

— Quero mesmo vencer um concurso literário. Mas quero vencer com Bertha disputando. Sei que tenho talento para isso, sei que posso, sei que vou vencer.

A entrada abrupta da empregada interrompeu a conversa das duas.

— A senhora chamou? — perguntou Virgínia.

— Não! — respondeu rispidamente Mercedes.

— Desculpe, pensei ter ouvido a senhora chamar.

— Não, não chamei. Por favor, nos dê licença, estamos conversando. Feche a porta e não nos interrompa mais.

Virgínia baixou a cabeça, saiu e fechou a porta.

– Nossa, Mercedes! Você não precisava ser tão dura assim...

– Desconfio que ela fica me escutando atrás das portas...

– Outra detetive aqui? – brincou Clarice.

– É o tempo todo assim. Lembra o dia no nosso chá? Virgínia também apareceu do nada. Bem na hora em que Bertha estava falando do concurso.

– Lembro, sim.

Mercedes ergueu o rosto como se olhasse para os próprios pensamentos. Teve uma intuição.

– Você está pensando o que estou pensando, Clarice?

– Preciso saber o que você está pensando para responder – Clarice virou a página do caderno de anotações e continuou escrevendo.

* * *

Quando Adauto chegou, a casa estava vazia. Ligou o rádio para ouvir as piadas contadas pela dupla caipira Jararaca e Ratinho:

"Cumpadi, meu avô tocava viola, meu pai tocava viola, meus tio tocava viola, os menino tocava viola,

as mulher tocava viola. Por isso é que diziam que a minha família era a mais violenta do mundo."

"Minha família só gosta de ópera. É tudo operário."

"Já foi tudo operado, então?"

Adauto gargalhava, até que, em determinado momento, ouviu o som do salto dos sapatos da esposa. Levantou-se da poltrona e virou-se para recebê-la:

— Onde você estava? — disparou ele, de cara amarrada.

— Na casa da Mercedes...

— Foi fazer o que lá?

— Tomar café, comer bolo, conversar... Tudo o que uma mulher pode e deve fazer nesta cidade.

— Não sei, não. Acho que está mentindo. Se estiver, quero que pare com essa brincadeira.

— Que absurdo falar comigo assim, Adauto. Que brincadeira?

— Essa investigação... Todas as pessoas da cidade já estão comentando. Virei motivo de riso. Minha reputação está rolando ladeira abaixo.

— Sua reputação?! Então você só se preocupa com sua reputação?

— Exatamente. Sou o delegado desta cidade. Eu investigo! Se eu perder esse emprego por sua causa, seus luxos vão acabar. Sabe aquele anel que lhe dei? Teríamos que penhorar.

Marcelo Duarte

Clarice não disse nada. Sentindo-se a mulher mais infeliz do mundo, saiu da sala aos prantos.

"EU SEI QUEM FEZ ISSO COM VOCÊ"

Bertha estranhou a carta sem o nome do remetente. Abriu o envelope e retirou a folha de papel. A mensagem trazia letras recortadas e coladas de um jornal: "Eu sei quem fez isso com você. Estou com medo".

Olhou para o envelope e notou que o carimbo era de Pindamonhangaba mesmo.

– Alguém estava na praça e viu o que aconteceu...

Sua primeira reação foi pegar a bolsa, ir ao encontro de Clarice e mostrar-lhe a misteriosa carta. Ao chegar à casa da amiga assim de supetão, Bertha notou os olhos de Clarice vermelhos e bastante inchados.

– O que aconteceu?

– Ah, isso? – apontou para o próprio rosto. – Não foi nada. Foi, foi... foi um filme que vi ontem no cinema. Era uma história muito triste...

– Pelo tanto que você parece ter chorado, deve ser o filme mais triste do mundo.

– Desculpe meus trajes, Bertha. Não estava esperando sua visita.

— Você está ótima assim.

Bertha, então, retirou o envelope da bolsa e o mostrou para Clarice.

— Precisamos descobrir quem me mandou esta carta.

Para surpresa de Bertha, Clarice não demonstrou qualquer entusiasmo. Abriu e fechou a carta como se não tivesse importância alguma.

— Talvez alguém esteja querendo pregar uma peça — disse Clarice. — Fiz uma grande investigação na praça e não encontrei ninguém que tivesse presenciado o ataque.

— Mas você leu que a pessoa está com medo? Ela pode ter visto o ataque e, em vez de me ajudar, saiu correndo.

— Medo do quê?

— De ser atacada também...

— Vou investigar, Bertha, prometo. Posso ficar com a carta?

* * *

Antes de voltar para casa, Bertha lembrou que precisava comprar linha e agulha para costurar um vestido de Lori. Parou no armarinho de dona Medje, mas tinha acabado de fechar. A solução seria pas-

sar na casa de Maria Apparecida e pedir emprestado a ela.

– Há quanto tempo você não vem aqui... – a amiga recebeu Bertha toda desconfiada, com o pé atrás.

– Seja bem-vinda!

– Muito obrigada! – Bertha agradeceu, entrou
e perguntou, depois que seu olhar fotografou o cômodo que servia de ateliê durante o dia: – Você está
sozinha? Aonde foi o Nestor?

– Foi fazer compras em São Paulo. Precisamos
estar abastecidos para o Natal.

– Encomendou livros novos também?

– Claro! Pedi que ele passasse na Livraria Ga-
zeau, no Largo da Sé, para ver as novidades.

Bertha, então, pediu linha e agulha, e Maria
Apparecida as entregou rapidamente, como se qui-
sesse encerrar logo o encontro. No entanto, quando Bertha se preparava para sair, Maria Apparecida
mudou de ideia e a segurou pelo braço:

– Sabe, Bertha... Estava com muita saudade de
conversar com você. Acho que o litígio sobre as terras não deveria ter estragado a nossa amizade. A
Justiça vai resolver isso e pronto. Você aceita o meu
pedido de desculpa?

– Você não precisa se desculpar! Também tenho
saudade de você e de nossas taças de sábado à tarde

no Palácio do Sorvete.

— Nem me fale, Bertha... Acredita que, depois que nos afastamos, nunca mais voltei lá?

— Eu também não — e sugeriu: — O que acha de dividirmos uma taça sábado agora?

— Dividir, não. Esse reencontro merece uma taça para cada uma!

DÍVIDAS DO IRMÃO

Terminado o jantar, Mercedes e o marido, Ricardo, pediram a Virgínia que servisse o café no escritório.

— Você não acha que a Virgínia anda meio estranha? — perguntou ela, encostando o lábio na xícara para sorver o primeiro gole do café.

— Também, com aquele irmão folgado ... Não trabalha, está sempre pedindo dinheiro emprestado... A coitada precisa acudi-lo o tempo todo.

— Não sei se é isso. Ela me parece estranha...

— Desembucha, Mercedes... Quando fala assim, sei que está querendo me contar algo.

— Você se lembra do ataque a Bertha na semana passada?

— Claro... Faz uma semana que não ouço outra coisa nesta casa.

— Na reunião do Clube de Poesia, quando a Bertha estava contando do concurso, Virgínia entrou de repente na sala sem ter sido chamada. Foi bem na hora em que falávamos da premiação.

— Sei...

— A Bertha foi atacada quinze minutos depois de ter saído daqui, bem no horário que Virgínia teve que ir à salsicharia. Tudo se encaixa perfeitamente.

— Quem é que está investigando essa história: você ou sua amiga, a mulher do delegado, hein?

— Não estou investigando nada... Só achei coincidência demais...

— A Virgínia seria incapaz de fazer mal a uma mosca — disse Ricardo. — Ela trabalha nesta casa desde que nos casamos, há dezoito anos. Foi só uma coincidência. Não se meta nisso. Fique apenas com seus versinhos.

— Tem razão. Vou ver se as crianças já fizeram o dever de casa e colocá-las na cama.

— Faz muito bem — assentiu ele. — Mas, antes de você sair, um favor: o meu jornal está todo recortado. Diga às crianças que não tolerarei mais isso.

* * *

Maria Apparecida abriu a porta e pediu ao homem que entrasse. Ele tirou o chapéu em sinal de respeito, mas disse que preferia ficar do lado de fora porque suas botinas estavam sujas de barro.

— Fiz tudo o que a senhora mandou...

PARABÉNS A VOCÊ!

– Muito bem! – exclamou a costureira.

– Aqui está o envelope.

Maria Apparecida abriu o envelope e viu que o homem havia cumprido a missão corretamente. Tirou uma nota de dez mil-réis da bolsa e lhe entregou.

– A senhora tem mais algum trabalho para mim? – perguntou ele.

– Por enquanto, não – respondeu Maria Apparecida.

– Então já vou me retirando, muito obrigado – e voltou a colocar o chapéu na cabeça.

– Eu que agradeço. Mande lembranças para sua irmã.

A GANHADORA É...

Dois meses se passaram sem qualquer novidade. Como fazia muito calor naquele mês de fevereiro, depois de jantarem, Bertha e Lourival decidiram tomar ar na varanda da casa. Ficaram conversando sob a luz das estrelas e nem se deram conta do horário. Na sala de estar, apesar do rádio ligado, quase não se ouvia o programa preferido de Bertha. Finalmente chegara o 6 de fevereiro, dia em que Almirante revelaria o nome do ganhador ou da ganhadora do concurso no programa *A Orquestra de Gaitas da Rádio Nacional*.

Agripina interrompeu os dois na varanda para contar que o programa acabara de anunciar o nome da ganhadora entre cinco mil participantes:

— E ela é de Pindamonhangaba!

Bertha ficou paralisada. A pessoa que roubara seus versinhos havia vencido, só podia ser.

— Por acaso, foi alguma de minhas... amigas? — hesitou Bertha, deixando a palavra "amigas" sair meio engasgada. — Deve ter sido a Mercedes. Ela me disse que participaria.

— Não. O nome da ganhadora é Léa alguma coisa...

— Léa? Léa Guimarães?

— Isso, acho que é isso, sim.

— Léa Guimarães... Léa Guimarães sou eu!

Lourival lhe deu um abraço. Agripina levantou as duas mãos em direção ao céu.

— Você ganhou! — vibrou Lourival.

— Como eu ganhei se minha carta foi roubada?

Antes que a pergunta fosse respondida, um homem a cavalo se aproximou da varanda. Apeou, tirou o chapéu da cabeça, saudou os três e esticou um pedaço de papel.

— É para dona Bertha.

— Sou eu mesma — ela deu dois passos e apanhou o bilhete.

— A senhora mulher do delegado mandou entregar.

— Muito obrigada!

Bertha abriu e leu rapidamente.

— O que Clarice deseja? — perguntou Lourival.

— Disse que precisa ver todas nós. Amanhã, sem falta. Um assunto urgente.

— Urgente? — reagiu ele.

— Ela escreveu aqui que... vai revelar o nome de quem me atacou.

O MAIOR MISTÉRIO

Mercedes pediu que o encontro fosse em sua casa, pois um dos filhos estava febril e ela não poderia se ausentar. Todas concordaram. Dessa vez, Bertha foi a primeira a chegar, ansiosa para conhecer o desfecho da história. Também estava ansiosa para comentar o resultado do concurso e a sua vitória. Todas ficaram exultantes. Em nenhum momento, desde que a investigação de Clarice começara, Bertha conseguiu acreditar que a culpada fosse uma das três amigas. No entanto, o clima entre elas se tornou tão estranho que até os encontros do Clube de Poesia foram suspensos. Clarice foi a última a chegar, trajando o melhor conjunto de saia e blusa e com os sapatos de salto alto. Parecia pronta para ir a uma festa.

— Muito obrigada por todas vocês virem — agradeceu, com aparência nervosa.

— Não vejo a hora de ouvir suas conclusões — disse Marinês.

Clarice tirou o caderno de anotações da bolsa e começou a recordar os fatos.

Marcelo Duarte

– Naquela terça-feira, 25 de novembro, nós quatro estivemos aqui, na casa de Mercedes, para nossa tradicional reunião do Clube de Poesia. Bertha foi a última a chegar. Quando estávamos nos servindo, ela nos contou que a Rádio Nacional tinha resolvido promover um concurso para a escolha de uma letra em português que substituísse o irritante *Happy birthday to you.*

– Foi assim mesmo – concordou a anfitriã.

– Bertha contou que estava com o envelope na bolsa e que iria deixá-lo nos Correios dali a pouco. Nossa reunião terminou às quatro e meia da tarde e todas saímos juntas daqui. A caminho dos Correios, depois de sair da farmácia Nossa Senhora do Bom Sucesso, num canto da Praça da Matriz, alguém a atacou pelas costas com clorofórmio. Bertha desmaiou e, ao acordar algum tempo depois, percebeu que havia sido roubada. Mas o ladrão levara apenas a carta.

– Esse é o maior mistério – apontou Maria Apparecida.

– Exatamente – continuou Clarice. – Se tivesse sido um roubo comum, seria mais fácil compreender. Mas não. Apenas os versinhos da nossa Bertha Celeste Homem de Mello foram levados. Só nós conhecíamos o conteúdo daquele envelope. A literatu-

PARABÉNS A VOCÊ!

ra policial nos ensina que, atrás de todo mistério, há um motivo.

Clarice era a única que estava em pé, andando de um lado para o outro e gesticulando bastante.

— Então, resolvi primeiro pensar nos motivos que levariam cada uma de vocês a praticar esse furto. Por mais insignificante que fosse, cada uma tinha o seu. Mercedes sente ciúmes dos versos de Bertha, sempre premiados.

— Que absurdo, Clarice! — Mercedes fechou a cara. — Nós falamos sobre isso longamente, mas parece que você não entendeu nada.

— Bertha e Maria Apparecida estão brigando na Justiça por causa de terras na fazenda.

— Nós já conversamos sobre isso e nos entendemos — retrucou a acusada da vez. — Fomos até tomar sorvete juntas. Pode riscar meu nome de seu bloquinho.

— Esperem... Eu disse que minhas linhas de investigação levantaram meras suposições; não estou acusando ninguém. Posso continuar?

As três bufaram e assentiram.

— Todas aqui sabem que Marinês nutria uma paixão por Lourival, marido de Bertha, nos tempos de colégio.

— Ora, já faz mais de vinte anos, Clarice — bufou

Marinês. – Você não acha que é tempo suficiente para cicatrizar qualquer ferida?

– Claro que sim. Mas percebeu que todas as poesias de amor que você lê em nossos encontros são dedicadas a um misterioso L? Quem é esse L?

Marinês silenciou.

Mercedes resolveu intervir na explanação e lembrou mais uma suspeita ignorada por Clarice:

– Você se esqueceu da Virgínia... – e diminuiu o tom de voz para continuar falando de sua desconfiança: – Ela pode ter contado com a ajuda do irmão, que não trabalha e está sempre sem dinheiro.

– Trabalha, sim! – interrompeu Maria Apparecida. – Eu o contratei para levar vestidos a minhas clientes. E ele sempre traz os envelopes com todo o dinheiro corretamente.

Ao escutar o próprio nome, com o ouvido colado na porta, Virgínia deu um jeito de entrar na sala. Veio da cozinha com uma jarra de refresco e percebeu que os olhares se voltaram de repente para ela. Todas pararam de falar. Foi a chance de Clarice continuar seu prólogo:

– Conversei com cada uma. Sei que ficaram irritadas com minhas perguntas, com minha investigação. Mas, pela primeira vez na vida, eu me senti uma pessoa útil. Estava vivendo algo novo depois de quarenta anos. Quero até escrever um livro com essa história.

Bertha se emocionou.

– Comecei a ler e fazer versos para ficar próxima de vocês. Mas minha paixão de verdade são os livros de mistério, de suspense, de histórias policiais. O que mais me emociona é como os autores constroem as tramas para surpreender os leitores no final, mostrando que ninguém desconfiava do culpado.

– Não estou aguentando mais tanto suspense, Clarice. Você sabe mesmo quem me atacou? – reclamou Bertha, esperançosa com a resposta.

– Eu sei! – Clarice respondeu.

A REVELAÇÃO

— Quem atacou e roubou Bertha... fui eu!

O queixo de todas elas despencou ao mesmo tempo.

— Como assim? — balbuciou Bertha.

— Fui eu! — repetiu Clarice, tremendo de vergonha, a voz amedrontada.

— Que absurdo é este, Clarice? — Marinês não acreditou naquilo que acabara de ouvir.

— Mas é claro... — Bertha estalou os dedos. — O estranho barulho que ouvi atrás de mim antes de ser atacada e que me parecia bem familiar era o som do salto desses seus sapatos...

Virgínia continuava paralisada num canto da sala segurando a bandeja com os quatro copos e a jarra de refresco.

— Não estou entendendo mais nada... Você é uma das melhores amigas de Bertha... — falou Maria Apparecida meio desconcertada, mas já com uma pergunta lhe queimando a língua: — Por que fez isso?

Clarice se manteve mais alguns segundos em silêncio. Respirou fundo, suspirou. Respirou fundo outra vez, suspirou novamente. Por fim, ergueu os olhos em direção às amigas e voltou a falar:

— Minha vida é um marasmo. Queria viver dentro de um filme de detetives. Durante o chá, enquanto conversavam, fui construindo essa história na minha cabeça. "E se uma de nós roubasse o envelope de Bertha para se vingar dela?" Fiquei olhando cada uma e imaginando por que vocês fariam isso. Então, naquele instante, criei toda essa história para viver esse papel.

— Que loucura... — espantou-se Maria Apparecida. — Por que você ficou nos interrogando?

— Precisava sentir a reação de vocês para reunir elementos para meu livro — explicou Clarice. — Queria que ele fosse o mais realista possível.

— O que você fez com o envelope, com a carta? — Bertha quis saber.

— Enquanto você passava na farmácia, consegui chegar à delegacia. Sabia que havia clorofórmio com o escrivão, o Adauto comentou comigo num jantar alguns dias antes. Eles usavam para, sabe como é... acalmar uns bêbados que apareciam por lá. Dei muita sorte, o Adauto e o escrivão não estavam na delegacia. Só o Alaor me viu, e eu desconversei.

PARABÉNS A VOCÊ!

– Parece mesmo coisa de folhetim policial – cochichou Mercedes.

– Fui apressada até a praça e vi você, Bertha, logo à minha frente. Parecia que tudo tinha sido cronometrado. Tomei o maior cuidado para não machucá-la... Peguei o envelope e saí dali. No dia seguinte, fui até a agência dos Correios e postei a carta. Não quis prejudicá-la em momento algum.

– Que gentil de sua parte... – ironizou Bertha.

– Não quis fazer mal a ninguém, juro... – choramingou Clarice. – Vim aqui pedir desculpas a todas vocês. Entenderei se nunca mais quiserem falar comigo.

– Só brincou um pouco de Sherlock à nossa custa... – atacou Marinês.

– E... aquela carta com as letras recortadas de jornal que levei até sua casa? – lembrou Bertha.

– Também fui eu – confessou Clarice. – Depois, numa visita que vim fazer à Mercedes aqui, aproveitei o momento em que ela saiu do escritório e joguei o jornal recortado no cesto de lixo.

Ao escutar o chiar da chaleira começando a ferver, Virgínia voltou para a cozinha.

– Foi um erro, eu sei – prosseguiu Clarice. – Mas foram os melhores dias de minha vida. Registrei tudo nos meus caderninhos. Descobri que

Marcelo Duarte

quero escrever como vocês. Quero ser uma autora de livros policiais.

Bertha se comoveu com a sinceridade de Clarice. Ficou pensativa por alguns segundos, depois lhe beijou o rosto afetuosamente e disse:

— Se é isso mesmo que você quer, vou apoiá-la.

NOITE DE AUTÓGRAFOS

Muita coisa se passou em Pinda depois que Bertha venceu o concurso do *Parabéns a você*. Jornalistas de São Paulo e da capital federal deslocaram-se até a cidade para entrevistá-la. Todos esqueceram o ataque a Bertha, que resolveu mudar a versão do acontecido. Explicou que enviara a carta, sim, e só depois tinha desmaiado na praça, motivo da confusão mental. As cinco amigas e mais Virgínia fizeram um pacto de jamais revelar a verdadeira história.

Em 22 de agosto de 1942, depois de trinta e seis navios mercantes brasileiros serem afundados, resultando na morte de mil e setenta e quatro pessoas, o governo brasileiro declarou guerra à Alemanha. Esse era o assunto principal dos editoriais do *Tribuna do Norte*, segundo o qual era hora de os brasileiros lutarem. Quem não fosse patriota seria considerado traidor.

Virgínia deixou o trabalho na casa de Mercedes para fazer um curso de enfermagem. O irmão dela se alistou em São Paulo. A mãe de Marinês morreu. Maria Apparecida se ofereceu para fazer uniformes para os soldados. Clarice se separou do delegado, que, envergonhado pelo escândalo, acabou pedindo transferência para Tremembé, outra cidade do Vale do Paraíba.

Naquela noite, no entanto, o grande assunto da cidade era outro. Deonísio Siqueira abriu as portas da sede do jornal para o lançamento de *O mistério do concurso de rádio*, primeiro romance policial de Clarice Guimarães. A história fora toda baseada em eventos reais, ainda que os nomes tivessem sido alterados. Bertha, por exemplo, passou a Bete, e Clarice inventara uma personagem que roubava a carta para ficar com a fama de grande autora. A personagem recebeu o nome de Alice.

— Mas o sobrenome da Clarice não é Nogueira? – perguntou Marinês para Maria Apparecida.

— Nogueira era o sobrenome de casada. Ela passou a usar o sobrenome de solteira, que é Simão. Só que, para o livro, resolveu adotar um nome artístico. Escolheu o "Guimarães" por causa do Léa Guimarães que a Bertha inventou para o concurso.

— A Bertha pagou pelos livros? – enciumou-se Mercedes.

— Sim, ela pegou o dinheiro do prêmio do concurso e mandou imprimir cem exemplares do livro na gráfica dos Irmãos Pompeu.

Clarice e Bertha entraram juntas no salão, exultantes, e foram saudadas pelos convidados. Cumprimentaram o vice-prefeito e a mulher, o diretor da Santa Casa, dois vereadores, o vigário, o dono da Padaria São José, que fez questão de fornecer os sequilhos para a festa, e muitos amigos. Deonísio fez um breve discurso, destacando os planos para a criação da Academia Pindamonhangabense de Letras – "Duas futuras imortais estão aqui à minha frente", disse – e as convidou a assumirem os assentos para os autógrafos. Bertha foi convidada para escrever o prefácio do livro. Clarice e Bertha ocuparam duas cadeiras revestidas de couro posicionadas atrás de uma lustrosa mesa, e logo uma fila se formou diante delas.

– Já estou começando a ficar com a mão cansada – disse Clarice, em certo momento, feliz da vida.

Quando a fila diminuiu, Marinês, Maria Apparecida e Mercedes se aproximaram delas. Mercedes tirou quatro convites da bolsa.

– O próximo lançamento será o meu! – anunciou. – *Chá, brioches e poesias*. O lançamento acontecerá no Clube Recreativo, em 5 de outubro, dia do meu aniversário. Quero todas vocês lá.

– Que boa notícia, Mercedes! Estou tão feliz!

– Tudo isso que aconteceu conosco me encheu de forças para escrever este livro – disse Mercedes. –

Acho que ficou a lição de que nós, mulheres, somos capazes, sim. Temos que lutar pelo nosso espaço.

– Juntas somos muito fortes! – concordou Marinês, que também tinha uma notícia para contar. – Eu irei à festa com meu futuro marido. Comecei a namorar o Leônidas, filho da Leonor.

Todas fizeram uma cara de misto de alegria e surpresa.

– O Leônidas? – Mercedes foi a primeira a se pronunciar. – Mas ele não é muito garoto?

– É... – confirmou Marinês com um sorriso. – Ele é treze anos mais novo. Nós nos conhecemos na quermesse há dois anos. Foi amor à primeira vista, mas eu demorei a perceber. Acho que não quis perceber...

– As fuxiqueiras de Pinda não perdoarão... – observou Maria Apparecida. – Vão dizer que você seduziu o rapazinho.

– Deixe que falem. A vida é minha. Sou uma mulher livre. E é muito bom estar apaixonada. Querem saber? Ele escreve lindas poesias de amor para mim.

– E você, Clarice? – quis saber Maria Apparecida. – Já arrumou um novo amor?

– Quem vai querer saber de uma mulher separada? Tem gente que até muda de calçada para não cruzar comigo, sabia?

– Que horror! – Marinês levou as mãos à boca.

— Mas esse é o preço da minha felicidade – completou Clarice.

— É assim mesmo que se fala – Bertha disse cheia de orgulho. – Ninguém pode nos calar. Parabéns, mulheres!

— Epa... Parabéns para nós, não – corrigiu Clarice. – Você foi o estopim de toda nossa transformação. Bertha, parabéns a você!

OS BASTIDORES
DESTA HISTÓRIA

Poucos fatos da história que você acabou de ler aconteceram de verdade.

Clarice, Mercedes, Maria Apparecida e Marinês são personagens fictícias. A única que existiu foi Bertha Celeste Homem de Mello, autora da letra da música mais executada no Brasil, o *Parabéns a você*. Basta lembrar que cerca de seiscentas mil pessoas fazem aniversário todos os dias no país.

Todas as informações sobre **Bertha** (21/3/1902--16/8/1999) são reais. Filha de fazendeiros, ela nasceu em Pindamonhangaba, cidade a cento e cinquenta e oito quilômetros de São Paulo. Formou-se em letras e farmácia, mas nunca exerceu as profissões; era dona de casa. Seus principais passatempos incluíam ouvir rádio ou os discos de Sílvio Caldas, fazer crochê e participar de concursos de poesias, que Bertha escrevia desde os quinze anos. Em 1925, casou-se com um primo, Lorival Homem de Mello, inspetor federal de ensino. Cinco anos depois, nasceu a filha, Lorice. Extremamente vaidosa e discreta, Bertha não gostava de cozinhar.

Quem me contou tudo isso foi Eliana Homem de Mello Prado, filha de Lorice e única neta de Bertha. Além de ricas informações sobre a rotina da avó, ela me apresentou o livro **Poesias**, uma coletânea de textos escritos por Bertha ao longo da vida (um deles é "Meus dois amô", na página 37 deste livro). Bertha ainda lançou outra coletânea chamada *Devaneios*.

Já a história do Clube Pindamonhangabense de Poesia, o sumiço da carta do concurso e a amiga detetive são invenções de minha cabeça. Para não confundir o leitor, acho melhor contar a história do *Parabéns a você* desde o começo.

SE SÓ A LETRA É DE BERTHA, DE QUEM É A MÚSICA?

O *Parabéns a você* nasceu nos Estados Unidos em 1875. As irmãs **Mildred** e **Patrícia Smith Hill**, pro-

PARABÉNS A VOCÊ!

fessoras primárias de uma escola de Louisville, criaram uma quadrinha para as crianças cantarem na entrada da escola. A música, *Good morning to all* [Bom dia para todos], não passava do título da canção repetido quatro vezes.

Quase cinquenta anos depois, em 1924, Robert H. Coleman lançou o livro de partituras *Celebration songs* por intermédio de uma editora musical norte-americana, a Clayton F. Summy Company. Como não havia música específica para celebrar os aniversários, ele utilizou a melodia das irmãs Hill (sem lhes dar os devidos créditos) e trocou o *Good morning to all* pelo *Happy birthday to you*. A frase também era repetida quatro vezes, sendo que, na terceira, o "to

you" deveria ser substituído por "dear" ["querido"] seguido do nome do aniversariante.

Happy birthday to you
Happy birthday to you
Happy birthday, dear (nome)
Happy birthday to you

Nove anos depois, em 1933, a canção foi tema da peça teatral *Happy birthday to you*, encenada na Broadway, em Nova York. Embora a música tenha se tornado bastante popular nos Estados Unidos, as pessoas desconheciam as verdadeiras autoras. Também em 1933, a irmã mais nova de Mildred e Patty, Jessica Hill, entrou com uma ação reivindicando os direitos autorais. Na Justiça, Jessica conseguiu provar a relação de *Happy birthday to you* com *Good morning to all* e passou a receber os direitos autorais junto com a editora que publicara a canção pela primeira vez.

Turistas norte-americanos começaram a espalhar a música pelo mundo, e no final da década de 1930, ela chegou ao Brasil. Durante as festas, as famílias ricas preferiam cantar o *Happy birthday* em inglês.

POR QUE BERTHA DECIDIU ESCREVER UMA LETRA EM PORTUGUÊS?

A ideia não partiu exatamente dela, mas de um programa de rádio. O cantor, compositor e radialista carioca **Henrique Foréis Domingues** (1908-1980), mais conhecido como Almirante, profundo defensor da música brasileira, sentia-se incomodado com o fato de a letra ser cantada em inglês.

Almirante ouviu a música pela primeira vez em 1937, no Cassino da Urca, local onde as pessoas jogavam e assistiam a grandes espetáculos. A canção foi entoada por um grupo de turistas norte-americanos em homenagem a um aniversariante. A partir de então, sempre que alguém fazia aniversário, o maestro Vicente Paiva, responsável pela orquestra do Cassino, mandava apagar as luzes e tocava o *Happy birthday to you*. O público entoava a canção mesmo sem saber direito a letra. Para aumentar o desconforto do Almirante, em 1940 Dircinha Batista cantou *Feliz aniversário*, de Alvarenga e Ranchinho, e a plateia do cassino não demonstrou o mínimo de empolgação. A letra dizia:

Feliz aniversário
Luz dos olhos meus
São os meus ardentes votos
Feliz aniversário junto aos seus

No entanto, bastava o maestro Paiva começar a executar o *Happy birthday to you* para as pessoas delirarem. Desse modo, em outubro de 1941, Almirante decidiu promover um concurso no programa *A Orquestra de Gaitas da* **Rádio Nacional** com o intuito de escolher uma letra em português para a canção. O patrocínio era das Casas Pimentel, uma loja de rádios

do Rio de Janeiro. O leitor mais curioso encontrará na internet inúmeras reportagens afirmando que o concurso foi promovido pela Rádio Tupi, também do Rio de Janeiro. A informação, porém, está errada. O resultado do concurso foi divulgado às 21h30 de 6 de fevereiro de 1942. Almirante só assinaria contrato com a Tupi em 1º de março daquele ano.

Quando venceu o concurso, Bertha estava prestes a completar quarenta anos. Gostava de contar que a ideia brotara em apenas cinco minutos, e um funcionário dela levara a carta até os Correios. Como no livro, Bertha usou o pseudônimo de Léa Magalhães. A quadrinha era assim:

Parabéns, parabéns
Nesta data querida
Muita felicidade
Muitos anos de vida

QUEM ESCOLHEU A QUADRINHA DE BERTHA?

Almirante convidou quatro escritores de renome para compor o júri: Cassiano Ricardo, Olegário Mariano, Múcio Leão e André Carrazzoni – os três primeiros, membros da Academia Brasileira de Letras. O jornal *A Noite* registrou que o concurso recebeu cinco mil cartas. Coube a Múcio Leão representar os jurados no programa que revelou o ganhador. Artistas da Rádio Nacional – Francisco Alves, Orlando Silva e o Trio de Ouro – interpretaram a letra vencedora. O concurso, porém, não foi um grande acontecimento na época. Pensei que Bertha tivesse se tornado uma celebridade na cidade, mas isso não aconteceu. Em uma pesquisa no arquivo do *Tribuna do Norte*, jornal de Pindamonhangaba, não encontrei nada sobre o concurso, mas aproveitei para pesquisar nomes de estabelecimentos comerciais e de ruas da cidade a fim de ambientar o local onde a história se passa.

Um prêmio em dinheiro foi dado à vencedora. Em uma fonte, por exemplo, encontrei que ela recebeu duzentos cruzeiros (o concurso ocorreu na época em que o Brasil trocou os mil-réis pelo cruzeiro). No entanto, não consegui confirmar esse valor.

QUANDO A NOVA VERSÃO FOI GRAVADA?

A primeira gravação da música ocorreu em 1944 pelo grupo Milionários do Ritmo, com os vocais de Os

Trovadores. Bertha, porém, sentiu-se incomodada porque a Continental modificou a letra, alterando de "Parabéns, parabéns" para "Parabéns a você". A gravação se inicia com a música em inglês seguida da versão em português repetida três vezes.

 Escaneie este QR Code para ouvir a primeira gravação da música no site do Instituto Moreira Salles.

Segundo a neta de Bertha, a avó ficava brava quando alguém cometia o que ela chamava de "erros gravíssimos" com sua letra. O certo, dizia ela, é: "Parabéns a você" (não "pra você"), "nesta" (e não "nessa") e "muita felicidade" (sempre no singular!).

BERTHA CRIOU O "RÁ-TIM-BUM" TAMBÉM?

Não. O "é pique, é pique/ é hora, é hora, é hora/ rá-tim-bum" não tem qualquer relação com Bertha. Atribui-se essa "parte final" a alunos da Faculdade de Direito do Largo São Francisco, em São Paulo, na década de 1930; antes, portanto, do concurso da Rádio Nacional.

O que se conta é que o "é pique/ é pique" veio do apelido Pic-Pic do estudante Ubirajara Martins de Souza, que sempre carregava uma tesourinha para aparar a barba e o bigode pontiagudo. Esses mesmos estudantes frequentavam o restaurante Ponto Chic, no Largo do Paissandu, no centro da cidade, e esperavam meia hora, tempo que a bebida levava para resfriar nas barras de gelo, para tomar uma nova rodada de cerveja. Quando os trinta minutos terminavam, eles cantarolavam para os garçons: "É meia hora, é hora, é hora, é hora". Por fim, o "Rá-Tim-Bum" seria uma referência à visita de um rajá indiano cujo nome soava de modo semelhante a Timbum. Os alunos uniram todos esses gritos de guerra fanfarrões, resultando em: *"Pic-pic, pic-pic; meia hora, é hora, é hora, é hora; rá, já, tim, bum"*.

Mas como essa brincadeira foi parar no *Parabéns a você*? Populares, os estudantes eram sempre convidados para animar festas de aniversário. Então, aproveitavam para entoar seus bordões.

No Rio de Janeiro, uma parte do refrão acabou se tornando "é big/ é big", em vez de "é pique/ é pique".

BERTHA GANHOU DINHEIRO COM SUA LETRA?

Como Mildred e Patty Hill não se casaram nem tiveram filhos, seus parentes mais próximos criaram uma fundação de caridade para receber a parte dos *royalties* que lhes cabia. Ainda na década de 1930, a editora Clayton F. Summy Company foi comprada e vendida várias vezes até chegar às mãos da Warner/Chappell Music, em 1988.

Até 2015, a versão em inglês da canção rendia dois milhões de dólares por ano em *royalties*, os quais eram divididos entre a Fundação Hill e a gravadora. Em fevereiro de 2016, a Justiça dos Estados Unidos decidiu que a canção se tornara domínio público.

A decisão da Justiça americana, porém, não alterou o pagamento de *royalties* no Brasil. O dinheiro da versão brasileira apresenta a seguinte divisão: 41,7% para a Fundação Hill, 41,7% para a Warner e 16,6% para a família de Bertha.

DE ONDE VEM O DINHEIRO?

É preciso pagar uma taxa toda vez que uma música é executada publicamente ou usada em filmes, novelas, discos, comerciais, eventos promocionais, programas de rádio ou televisão (calma: não é necessário pagar para cantar parabéns em sua festinha de aniversário em casa ou na escola!). A Panda Books, editora deste livro, pagou à Warner para reproduzir a letra da canção.

Em 1978, o produtor musical Jorge de Mello Gambier criou uma continuação da música para o quarteto feminino recém-criado, As Melindrosas, formado pelas irmãs Gretchen e Sula Miranda. Gambier escreveu as estrofes "A você muito amor/ E saúde também/ Muita sorte, amigos/ Parabéns, parabéns". Por essa razão, o produtor passou a ser considerado coautor da letra e começou a receber metade dos 16,6% que cabiam a Bertha. O processo judicial contra Gambier se arrastou até 2009, quando ele foi derrotado.

Pelas leis brasileiras, a letra escrita por Bertha cairá em domínio público setenta anos depois da morte da autora, ou seja, no final de 2070.

QUE HOMENAGENS BERTHA RECEBEU?

A letra em português tornou-se famosa quando cantada por uma multidão de paulistanos na festa do

PARABÉNS A VOCÊ!

IV Centenário de São Paulo, em 1954. Para Bertha, porém, o momento de maior emoção ocorreu ao ouvir o seu *Parabéns a você* ser cantado durante visita do papa João Paulo II a Aparecida do Norte, em 1980. Outro momento emocionante foi a participação de Bertha no "Cidade X Cidade", quadro do *Programa Sílvio Santos.*

Graças à letra, Bertha ganhou uma cadeira na Academia Pindamonhangabense de Letras – a única mulher na formação original. Em 2013, o cantor, compositor e apresentador Rolando Boldrin declamou o poema "A Capelinha do Arraiá", de Bertha, no programa *Sr. Brasil*. Ela assinou o poema como "Condessinha", outro pseudônimo. Aos cinquenta e quatro anos, Bertha se mudou para a vizinha Jacareí, onde a filha Lorice lecionaria. Em 1998, recebeu o título Cidadã Jacareiense. Na cidade há, inclusive, uma rua com o nome de Bertha.

REFERÊNCIAS BIBLIOGRÁFICAS

CABRAL, Sérgio. *No tempo de Almirante* – Uma história do Rádio e da MPB. Rio de Janeiro: Francisco Alves Editora, 1990.

LIMA, Giuliana Souza. *Almirante, a "mais alta patente do rádio", e a construção da história da música popular brasileira (1938-1958).* Dissertação (Mestrado em História Social). Universidade de São Paulo (USP): São Paulo, 2012.

MARIZ, Vasco. *A canção brasileira:* erudita, folclórica popular. Rio de Janeiro: Civilização Brasileira, 1977.

MARQUES, Fabrício. O *Brasil que as arcadas vislumbraram.* Disponível em: <www.revistapesquisa.fapesp.br>. Acesso em: ago. 2021.

PRADO, Fernando Romero. *Jacareí* – Dicionário ilustrado da cidade. Papel Brasil: Jacareí, 2017.

Outras fontes:
Entrevista com Eliana Homem de Mello Prado.
Jornal A Noite.
Jornal Tribuna do Norte, de Pindamonhangaba.